# Hay un MONSTRUO EN TU LIBRO

Un cuento de TOM FLETCHER
Con dibujos de GREG ABBOTT

CUBILETE

*Para la señorita Summer Rae, ¡el nuevo miembro de la familia!* (T. F.)

*Para Roger.* (G. A.)

Título original: *There's a Monster in Your Book*,
publicado por primera vez en el Reino Unido por Puffin Books,
un sello del grupo Penguin Random House
Texto: © Tom Fletcher, 2017
Ilustraciones de Greg Abbott

© Grupo Editorial Bruño, S. L., 2018,
para la edición en castellano
Juan Ignacio Luca de Tena, 15; 28027 Madrid

Coordinadora de la colección: Ester Madroñero

Dirección Editorial: Isabel Carril
Coordinación Editorial: Begoña Lozano
Edición: Cristina González • Traducción: Pilar Roda
Preimpresión: Pablo Pozuelo

ISBN: 978-84-696-2271-1 • D. legal: M-14792-2017

Reservados todos los derechos • Impreso en China

www.brunolibros.es

# ¡OH, NO!
¡Hay un monstruo en tu libro!

¿Intentamos sacarlo de aquí?

Sacude bien el libro
y pasa la página…

¡Muy bien!
El monstruo ha salido despedido, pero...
**¡AÚN SIGUE EN TU LIBRO!**

Hazle **cosquillas** en los pies y pasa la página...

¡Vaya, no ha funcionado!
El monstruo se ha echado a reír y…
**¡AÚN SIGUE AQUÍ!**

¿Y si pruebas soplando?

sOOOPLAAA

con todas tus fuerzas y pasa la página…

¡Mucho mejor!
El monstruo se ha alejado un poco, pero…
**¡AÚN SIGUE AQUÍ!**

**GIRA** el libro hacia la izquierda…

El monstruo ha aterrizado
en este otro lado, pero…
## ¡AÚN SIGUE AQUÍ!

**GIRA** el libro
hacia la derecha...

¡Halaaa!
¡El monstruo se ha quedado colgando de esta página!

¡Mira que es juguetón!, ¿eh?

¡Rápido!
**Sacude**
el libro muy, muy deprisa...

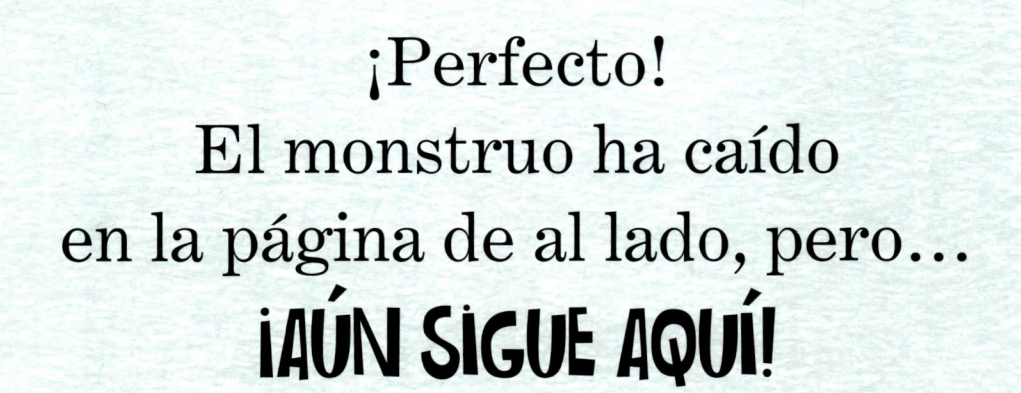

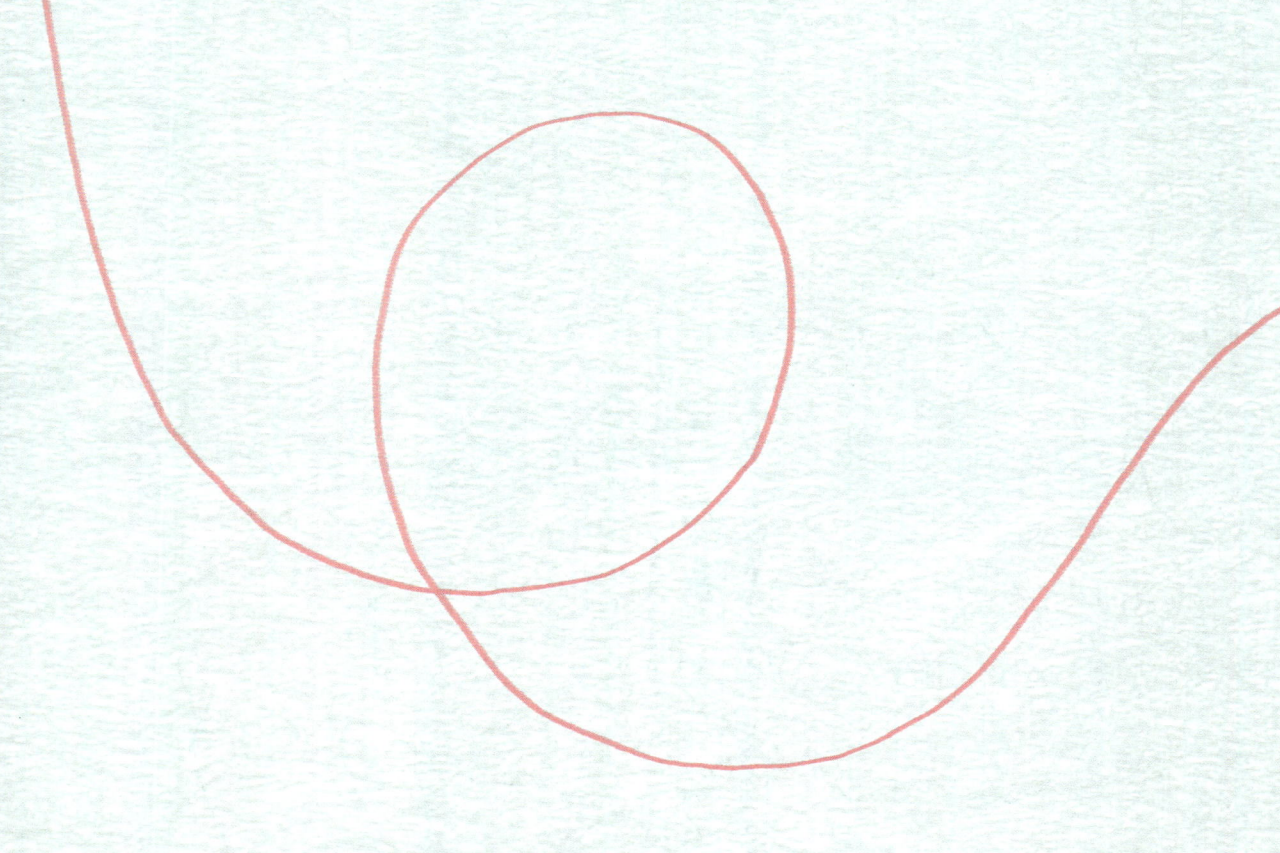

¡Perfecto!
El monstruo ha caído
en la página de al lado, pero...
¡AÚN SIGUE AQUÍ!

Prueba a darle
unas cuantas **vueltas**
al libro...

¡Mira! ¡El monstruo se ha mareado!

¡Corre! Haz un ruido

# FUERTE...

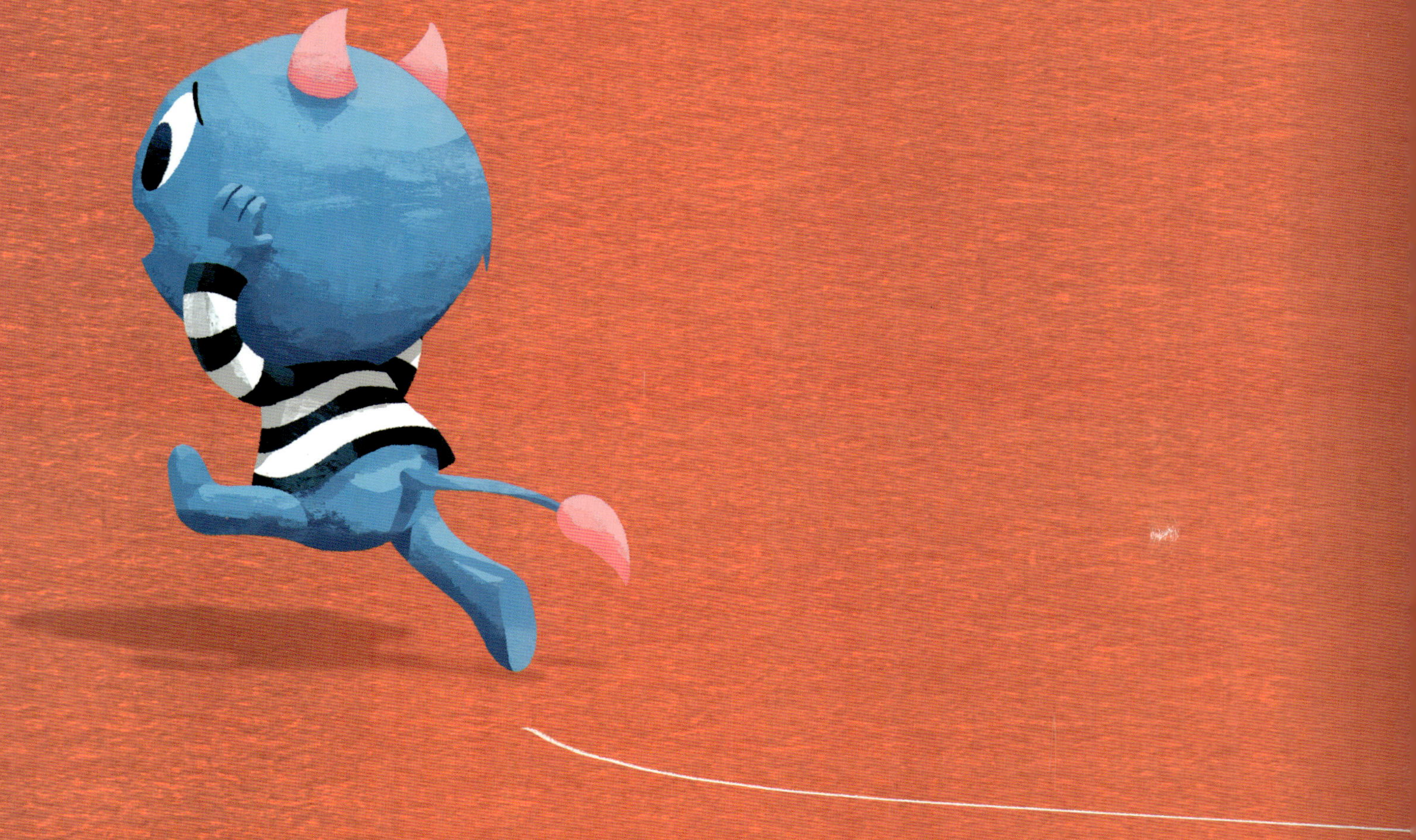

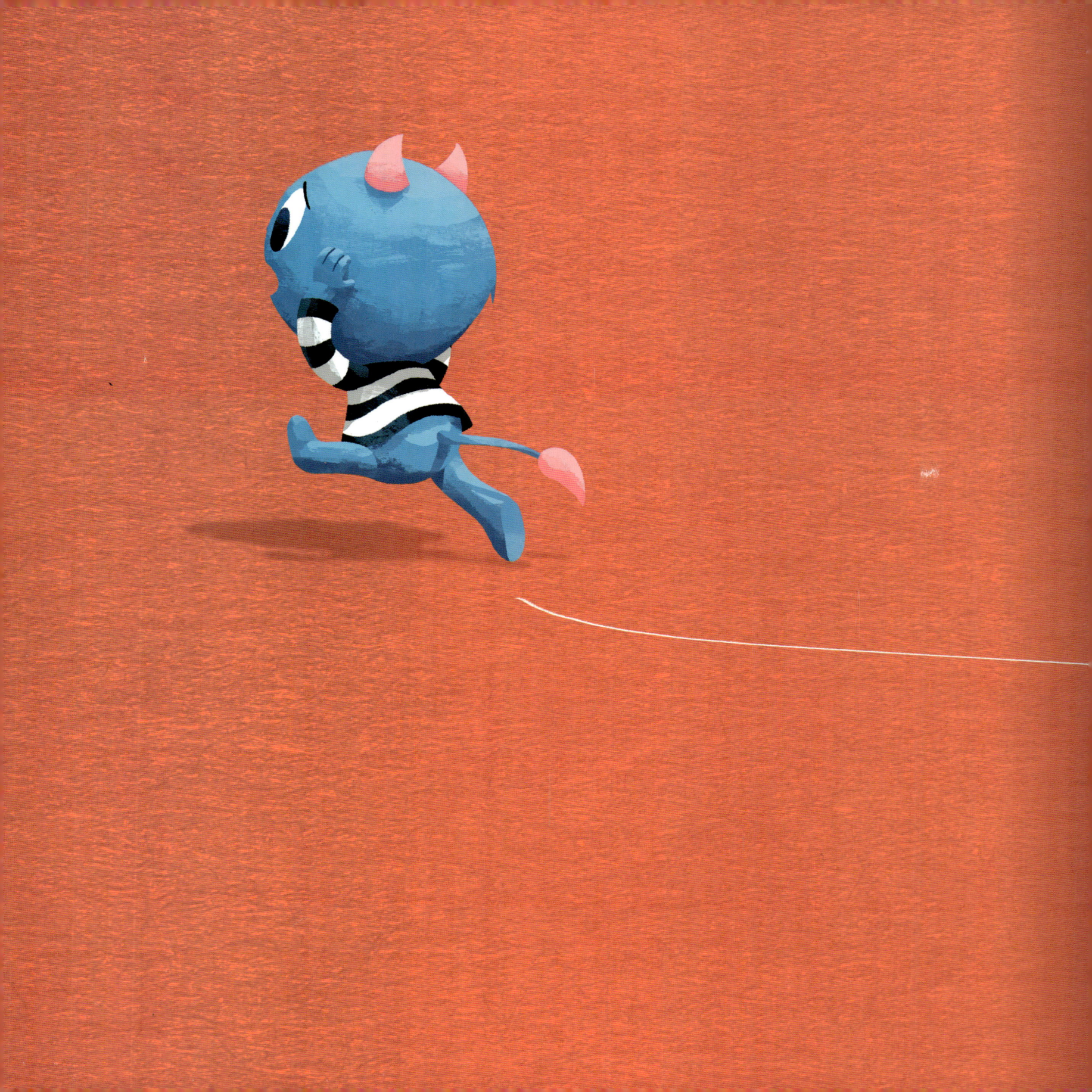

¡Ha funcionado! ¡El monstruo está huyendo!

Haz otra vez ese ruido, pero ahora…

iSUPER

FUERTE!

# ¡EL MONSTRUO SE HA IDO!

Ya **NO ESTÁ** en tu libro...

¡... porque acaba de colarse
en tu habitación!

¡Rápido, llámalo!:

*¡Ehhh, monstruitooooo!*

¡Mira quién está aquí!
¡El monstruo ha vuelto!

Llámalo otra vez:

*¡Monstruitooooo, veeeennnn!*

# ¡UFFFF, MENOS MAL!

Ya ha vuelto a tu libro.

Porque no querrás tener un monstruo suelto
por tu habitación, ¿verdad?
¡Este es mucho mejor sitio para él!

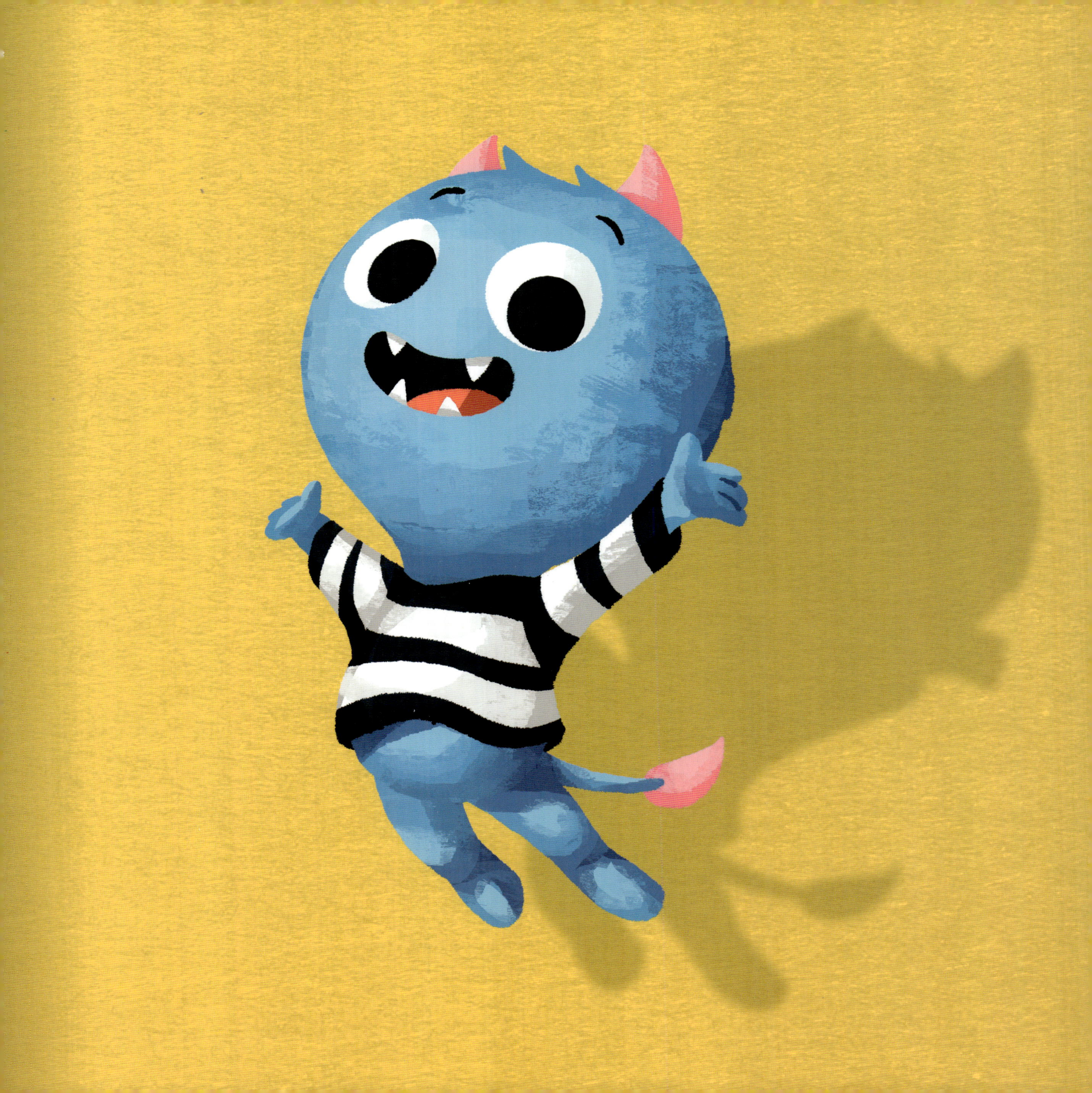

Venga, dile que puede quedarse en tu libro.

Y ahora acaríciale la cabecita
y dale las buenas noches:

*¡Buenas noches, monstruito,
que duermas bien!*

# ¡SSSSSHH! ¡SILENCIO!
El monstruo se ha quedado dormido.

Para no despertarlo,
¿cierras el libro muuuuuy despacito?